소멸의 산책

소멸의 산책

1판 1쇄 펴낸날 2022년 2월 25일

지은이 박균수

발행처 문학의숲
발행인 이은주

신고번호 제2005-000308호
신고일자 2005년 10월 14일

주소 (04029) 서울특별시 마포구 양화로7길 84 영화빌딩 4층
전화 02-325-5676
팩스 02-333-5980

값은 표지에 있습니다.
ISBN 979-11-87904-35-9 (03810)

소멸의 산책

박 균 수

문학의숲

말할 수 없는 것에 대해서 침묵하지 않겠다.
모든 것은 원자로 이루어져 있으므로.

차
례

2.

3.

1.

서시(序詩)

– 거울 속의 길

감옥이라면 너무 좁은 감옥
광장이라면 지나치게 넓은 광장

저 흐린 눈빛 보아라
생존의 경로에서 고기를 구해 먹고
성공과 실패의 보상과 보살핌 속에 피어나는
기쁨과 희열
슬픔과 우울을 비난하며
욕망과 공포가 살찌운 눈빛 보아라

어느덧 부풀어 오른 녹슨 우주 속에

거짓 가치와 미신을 만들고
화려한 이야기를 꾸며내
자신이 만든 제단에
제 눈을 찔러 제물로 바치고
마침내 거울 앞에서
저토록 번들거리는 한 쌍
눈먼 칼을 보아라

위선적인 정신의 푸른 잎들
편견을 빨아먹고
건잡을 수 없이 자라날 때
걸어야 하리
그리운 어둠
절망 내려앉는 나무 사이로

교만한 영혼의 붉은 꽃들
욕정에 취해
휘황난만 피어날 때
걸어 들어가야 하리
슬픈 안개
파도 흘러가는 숲속으로

지느러미 세운 풀잎들
하나하나
시린 맨몸으로 비비며
건도록 디자인된
화합물이 있을 뿐

방금 부풀어 오른 거품 속에

핏대 세운 덤불 가시들
하나하나
아린 생살로 더듬으며
걸어 들어가도록 예정된
눈먼 짐승이 있을 뿐

낮은 빛을 태우고
밤은 어둠을 물어 죽인다

에돌이길

어찌 모를리야
파르르
흐느끼던 눈빛
밤내
귀엣 적시는 비

새면 떠나야지
에돌이길
멀리 에돌아
넘실대는 빌딩 숲
위에 뜬
찻길가에 앉아
그대 알리야
그대 알리야
눈물 대신 빈 바람이나 한번
도탑게 덮어주고
더 멀리 에돌아 에돌아
먼지 속으로
꾹꾹

눌러 밟으며 가야지
에돌아 곧장

장대비 함뿍 젖어
파리하게 떨고 있는
작은 새
새면 떠나야지
에돌이길

메시지

그리운 친구여
이곳에는 연속된 것이 없다네
모든 것은 불연속적이라네
나는 어색하게 걷고
단계를 나눠 우스꽝스럽게 울고 웃는다네
세상은 불연속적으로 덜컹대지만
다행히 내 의식도 기억도
토막토막 끊어져
한 픽셀과 다음 픽셀 사이
한 프레임과 다음 프레임 사이가
아직 견딜 수 없이 지루하진 않다네
닿을 수 없는 곳에 있어
고백하자면 친구
여기엔 연속이 없고
공통의 경계가 주는
친절한 부드러움이 없고
언어가 기호의 조합으로 왜곡되듯
인식이 경험의 총합으로 조작되듯
메마른 수의 집합과

그들의 무표정한 연산만 있다네
그것들 속에선 어떠한 본질도 의미도
싹트지 못한다네
그곳은 어떠한가 친구
거기엔 연속된 의식이 있는가
사랑이 있는가

당신 없는 첫날

마침내 해가 뜨고
천천히 푸른 물이 빠지는 하늘
이른 무더위
좋은 날이다
상승기류를 타고
즐겁게 떠오르는 기분
길을 나선다

길가 풀꽃들이 정겹고
아이들 소리가 놀이터 쇠기둥에서 반짝
튕겨 부서지고
구름 같은 개가 구르다
멈춰 냄새의 성분을 분석하고
걸음걸이가 불편하다

전정기관이 망가진 달팽이처럼
미소가 어색해지는
육신이 헐거워진 껍데기처럼
밟힌 비닐봉지가 바스락거리고

목마르다

휴대전화를 만지작거리지만
바람은 불지 않는다
음료수를 사 먹어야겠다고 두리번거리지만
편의점은 보이지 않는다

깜박깜박 거품처럼
좌회전하는 차가 마음에 들지 않는다
시공간이 조금 뒤틀리고
새들의 경로가 휘어진다

너무 멀리까지 와버렸다
온 것의 반만 왔다면
그보다 조금만 덜 왔다면
갈증을 느끼기도 전에
물을 마셨을 것이고
몸속 장기들이 말라 뒤틀리기 전에
음악이라도 흐르게 했을 것이다

형체 없이 쌓여있던 공기가 무너지고
이유 없이 풀잎이 들썩이고
내 잘못이다
별일 아니다
신경 가닥을 낚아채는 구급차
폭포처럼 파동을 쏟아내며 질주해 멀어지고
눈부시게 산란하는 빛

당신 없는 첫날
잘 지낸다

만삭의 여자

나는 팔월
부풀어 오른 태양
만삭의 여자

장 보고 돌아가는 언덕길
눈으로 흘러내리는 소금물
한 손엔 숨 쉴 저녁
끼닛거리
다른 손엔 불덩이
목마른 수박
마침내 버스정류장
내려놓으려는 무게
굴러가려는 검푸른 공
짜증스럽게 발길질하는 아이
자꾸만 굴러가려는 수박
넘쳐 흘러가려는 가슴속의 물
아랫입술을 깨무는 윗니
조금만 더 힘을 주라는 아이
가는 뼈 부러지는 소리

날을 넘긴 검은 씨앗
아래가 찢어져 주르르 흐르는 액체
뜨거운 빛을 들이마시는 끈적임
검붉은 물
서럽게 터지는 울음

나는 팔월
찢어진 태양
만삭의 여자

새끼야

어디로 가느냐
내 새끼야

내 살을 찢어
네 살을 올리고
내 피를 짜내
네 피를 내렸다

핏덩이 속에서 헤엄쳐 나와
네가 처음 울었을 때
솟구치는 희열 속에
가슴 한편 도려내지며 아팠다
너를 안고
햇살 위에서 젖을 먹이고
가장 깨끗한 강물에
너를 씻겼다
구름 위에서 잠든
네 뺨이 별빛보다 빛났다

어디로 가려느냐
내 새끼야

네가 첫걸음을 떼었을 때
심장이 한쪽으로 기울었고
영영 돌아오지 않았다
네가 노래를 불렀을 때
노래의 의미를 알았고
네가 집에 돌아와 큰 소리로 인사할 때
인사의 의미를 깨달았다

나를 두고
어디를 가는 것이냐
내 새끼야

네가 사랑을 잃고
숨 쉴 이유마저 잃어버리고
처음으로 지옥문 손잡이를 잡았을 때
휘몰아치는 공포 속에

네 목덜미가 찬란하게 빛났다

어디에 있느냐
내 새끼야

네가 짝을 만나
네 깃털로 둥지를 지었을 때
강철로 된 네 어깻죽지가
산맥만큼 빛을 들이마셨고
네가 새끼를 낳아
울고 웃으며
공포에게 먹이를 주고 살찌울 때
나는 네게서
인류의 역사만큼 낡고 어리석은
거울을 얻었다

여기는 어디냐
내 새끼야

네가 늙고
네 차도 낡아 마침내
네 행선지를 두려워하고
게으른 여행자처럼
침실에 누워 헛된 꿈에 집착할 때
네 속에서 눈길 받지 못하고
보채며 우는 아이가 가여웠다

나는 어디로 가느냐
내 새끼야

네 어두운 풍선 속
마지막 공기를 놓아주고
네 뇌가 연산을 멈추고
지쳐 늘어진 선들을 모두 끊을 때
형체를 구성하며 모여 있는 것이
더는 불필요해진
너의 옛 입자들을 하나씩
쓰다듬어주고 싶었다

내 새끼야
내 새끼야
무엇을 주어도 아깝지 않고
아무리 주어도 더 주고 싶은
너는 나의 조물주
나는 너의 피조물

너를 두고
나는 어디로 가는 것이냐
내 새끼야

너와 나는 같은 유전 정보를 가졌으니
같은 코드
왜 함께 어울려 영원하지 못한 것이냐
영원하겠다는 욕망의 노래
한 소절과 다음 소절의 사랑일 뿐이냐
언젠가 노래는 끝날 터인데
사랑은 욕망의 대화일 뿐이냐

내 새끼야
내 어미야

그리워

산 구름이 바다를 그리워하듯
그대 그리워하네
찬 바위에 눈을 대고 서러워
봄 이끼 젖네

언 창문 어루만지던 고운 그림자
꿈 언저리에 남은 떨림
긴 폭풍처럼 창백한 시간 휩쓸려가던
그대 얼굴

새 흘러가는 하늘 저편
눈 감으면 새로 태어나는 잎들 별들 너머
먼 먼 곳 예정된 방향으로 흩어지는
그대 눈빛

빈 거미집 나비가 죽음을 그리워하듯
그대 그리워하네
줄 하나 끊어지면 서러워
갈바람 젖네

산 그림자

산에 사니 산 그림자
내려오네
눈 바람 얼음 폭풍
거느리고

소리 속
고요
쉬지 않고
암흑 속
눈빛
사나운 산 짐승들
데리고

느리게 가라앉는
낡은 배
침실에 스미는 물처럼
헐떡거리며
들어오네

그리움 속
두려움
한없이 어두워지고
무한정 되풀이되는
기억 속
비명
흉포한 계절

무서운
얼굴
뒤집어쓰고
끝없이
밀려오네
산 그림자

벼랑 끝 도로

음악을 껐다
여기서부터는 조심해야 한다
벼랑 끝 도로
흘끔 암시 같은 시계의 숫자들을 보고
액셀러레이터를 밟는다

폭발하는 엔진소리
눈 깜짝하는 새
검은 알껍질을 찢고 나오는 화염처럼
아침 빛이 추락해
무음으로 구르다 박살나는 잿빛 수면
실눈으로 흘끗거리며 달린다

흔들리는 호수
어두운 물의 뿌리를 움켜쥐고
높고 촘촘히 늘어선 섬의 나무들
무수한 바늘처럼 날아가 박히는 햇살
장엄하게 날카로운 얼굴을 쏟아내는 바위산

벼랑 끝 도로
바닥에 들러붙은 2차원의 검붉은 점을 지난다
작은 짐승일 것이다
한때 풍선처럼 아슬아슬하게 부풀어
물에 잠긴 산의 근육들

댐이 생기며
구불구불한 벼랑을 깎아 만든 길
사고가 잦은 곳이다

도로 아래
수몰된 마을
목마른 혼령들에 뒤섞여 서성거리며
기다리는 물고기들 곧 터져버릴
거품을 향해 저주처럼 입을 뻐끔거리고
쏟아져 내리는 단백질의 파동

농익은 가을의 실핏줄 모조리 터져
호수 건너편 산사태로 흘러내리는 단풍

수면에 진득하게 퍼져 번들거리고

흘끔거린다
손아귀 같은 동심원을 뻗어도
시선을 빼앗기면 안 된다
벼랑 끝 도로
바깥쪽으로 바짝 붙어야 한다

송곳니를 번쩍거리며 달려들어
공기를 짓뭉개며 스쳐지나는 덤프트럭
끌려들어 가듯
무한 기호를 그리며 몇 번 꺾으면
갑자기 깊이 꺾어지는 구간

여기서부터는 특히 긴장해야 한다고
위험 표지판이 손을 휘저으며 급하게 소리치고
흘끔 진동하는 숫자들을 보고 서걱 발목관절을 펴고
피스톤으로 된 심장 미쳐 날뛰고
흥분한 금속 살점의 짐승 경련을 일으키고

정신 차리면 된다

바쁘다 손과 발이 안개가
모퉁이를 돌아 햇살 눈부시게 환한 물안개가 갑자기
겹겹이 찬란하게 빛나는 무수한 실크를 찢고
고요히 미끄러져 오르는

새

불의 연가

꽃이여
대지의 불꽃이여
지옥의 숨소리를 들려다오
바람은 자주 불더냐
피는 잘 흐르더냐
너에게 눈이 멀어 여기까지 왔다
표정만 바꾸어 피지 말고
말해다오
그리운 것들은 울더냐 웃더냐
내 생각 하더냐

네가 얼굴을 열어
헐떡거리며 체액을 쏟아내고
감히 꿈의 영역까지 침범할 때
태풍이 산 바다 꼭대기
밑바닥까지 뒤집어 섞어버리고
마침내 암흑의 뻘 속
머리를 묻고
슬픔의 고운 알갱이 걸러내던 뱀장어

단내를 맡고 여기까지 거슬러와
무장무장 알을 낳았으니

깨어난 벌레는 벌레의 일을 하고
꿀이 되고 살이 되고
그 살이 공포가 되는 동안
날은 저물고
계절도 저물어
너를 먹여 살린
뿌리들 씨앗을 품고 자리에 눕고
잎새들 아프게 바닥을 기어 다닐 때
그리우리라
천지에 불을 지르고 다니던
네 차가운 입술

불현듯 소멸은 온다
때가 되면
가자 연인아
공포로 연명하던 영혼들과 함께 돌아가자

그대 없으니

다만 거친 언어가 빚어낸
어리석은 욕망이겠으나
그대는 아름다움 위에 선 칼날
의미를 향해 목놓아 부는
내 간절한 바람
가난한 순례자의 영혼 쉬어갈
집도 절도
황홀한 기억도 모두 베어져 쓰러지고
정념에 들끓던 추억마저 불타올라
흔적 없이 날려가 버렸으니 기어이
그대 없으니
고통 사라지네
다만 메마른 어두움과 슬픔
황량한 바람 소리 마음에 흘러들어
마냥 깊어지네

거미가 바람에 실을 날리고

어둠의 살갗에 소름 돋아나고
표정 잃고 누웠네
울며불며 빼앗아온 입자들
하나씩 돌려주고
입이 열려
진균이 혀를 먹고
내장을 소화하고
벌어진 컴컴한 공간
거미가 바람에 실을 날리고
차원을 이어 붙여 집을 짓네
초라한 은하들이 피었다 지고
그대 잃고 내 마음도 누웠네
제 몸의 독 펄펄 끓어
신열에 들뜬
길고 긴 뱀처럼
그리운 생각 들어오네

절망의 노래

단 것은 물렸으니 쓴 것을 다오
벌 나비 춤에 취해 혀를 떨며 침을 주는
꽃 말고
지하로 스며든 짐승 사체
진물 빨아먹고 독을 숙성시킨
가장 깊고 검은 뿌리를 다오

기쁨은 질렸으니 슬픔을 다오
생존의 유리병 뒤집혀 쏟아져 나오는
아기 웃음 말고
물도 소리도 모두 증발해 메마르고 고요하게
주름진 내장 사이로 폭포처럼 쏟아지는
병든 노인의 마지막 눈물을 다오

이념은 죽었으니 억압을 다오
바람에 웃고 우는
썩고 찢어진 깃발 말고
내가 이념을 외쳤으니 내 입을 틀어막고
나를 고문하고 강간하고 학살하고 다시 눈 뜰

피에 허기진 총칼을 다오

희망은 신물 나니 절망을 다오
같은 죄악과 참회의 순환 무대 장막을 찢는
새벽빛 말고
팔열팔한 지옥까지 떨어져
떨어져 나간 살점들의 숨소리에 진저리칠
칠흑의 완전한 어둠을 다오

사랑에 지쳤으니 사랑을 다오
찬란하게 그리운 그대여
그리워 울다 까무러쳐
울며 가는 구만리 꿈길
쓰러져 목 놓아 다시 부르는 그대여
그리워 나무가 되고
꽃과 웃음과 깃발과 빛
모조리 불타오르고
재의 재
먼지의 먼지로 부서져 내려 날려가고

그리워 돌이 되고
뿌리와 눈물과 총칼과 어둠
깡그리 새까맣게 지워지고
모래의 모래
가루의 가루로 부서져 녹아버리고
그대 오면 노래하리라
오지 않아 그리워 죽어도

노래하리라
사랑을 앓아 살고
사랑을 먹고 죽은
아름다운 종의 역사와
얼어붙은 파동의 슬픈 재현을

그대 그리워 우네
감옥도 광장도 아닌
낯선 그대의 집
쉴 새 없이 검은 번개 폭발하는
그리운 그대의 시간

2.

불

호모사피엔스는 불을 두드려 학살을 만들고
부모형제자식을 불태워 죽이며 고귀한 불씨를 지켰으니
불은 피의 얼굴을 가졌구나

어두운 거울

잠에서 깨어보니 거울이 깨져있었지
이제 어둠은 더 이상
자신을 비춰보지 못하겠지
거울 앞 검은 옷을 입은 의자는 다시는
그리움의 냄새를 자랑하지 못하겠지

나를 비추고 나를 구성하던
빛들이 깨져있었지
반짝이는 미세한 가루들이 남아있었지

무엇으로도 제거할 수 없는
그토록 갈구하던 마지막
입자들이 바닥 어딘가에 남아
오래된 습관대로 움직이던 공기가 부주의하게
거울이 있던 벽 앞을 지날 때
슬며시 떠올라 떠다니다
거울이 그토록 그리워하던 아름다운 기억이
바람과 함께 섧게 울고 있을 때
가슴 깊은 곳으로 들어가

작고 소중한 풍선들을 모조리 터뜨려버리고
눈물을 연주해내던
음표들을 남김없이 잘라버리고
악보의 선들을 전부 끊어버리고
설렘과 고통과 환희가 제각각 간직하고 있는
추억들을 송두리째 찢어버리겠지

감각과 이야기의 연결을 모두 끊어버리고
창조주의 회로들 사이로 난 길을 따라
느리고 이상한 곡조의 휘파람을 불며
느리게 질주하며
모든 대화와 신호의 연결을 분리해버리겠지

기억이 과열되어 떨릴 때
마침내 입자들은 하나씩 둘씩
너무 오래 머물렀던 곳에서 날아올라
아픈 기억이 머물던
물의 축복 속에
돌의 기쁨 속에

불의 희열 속에
섞였다가
까마득한 시간이 흐르고
아득히 먼 곳
해도 달도 없는 다른 우주에서 다시 만나
동시에 울음을 터뜨리겠지

아무것도 기억나지 않지만
아무 이유 없이
암흑 속에서
자신들도 모르게 깊이깊이 껴안겠지
껴안아 달라고 애원하겠지
우주의 어떤 것들도 기억하지 못하겠지
아주 오래전
서로의 눈 속에서 자신을 비춰보던
기적적인 사랑과
사랑의 기적을

잠에서 깨어보니 세상이 어두워져 있었지

일벌

붉은 등이 켜지면
일벌들
정지선 앞으로 몰려든다

교차로 건너편은
봄의 절정
꽃들이 한꺼번에 폭발하는 꽃밭
발바닥부터 체액이 끓어올라
실신 직전의 꽃들
진득한 꿀물을 물컥물컥 토하고
비린내에 익사하는 더듬이
경련을 일으키다 엉켜버린 솜털들

페로몬으로 그어진 금을 따라
그르렁대며 멈춰 선 차들
사이사이로 빠져나와
두 개의 바퀴와 결합된 자동주행
헬멧 같은 일벌들
이중나선구조의 프로그램

명령어가 주문한 대로
조금이라도 빨리 나아가려
조금이라도 앞으로
새까맣게 모여들어 초조하게
붕붕거리고

밀랍으로 만든 집
말랑말랑한 애벌레 속
꿀렁거리는 부연 액체를 떠올리며
온몸을 부르르 떨고

마침내
방충망 같은 붉은빛이 걷히면
바퀴와 헬멧과
고도 제한의 날개에 연결된
심장을 한계속도로 진동시키며
일제히 무수한 경로로 뿜어져 나가는
돌아보지 않고 질주하는
일벌들

유리로 된 자동차

이름을 실어 나르는 자동차
유리로 된 자동차
밤으로만 이어진 고속도로를 질주한다
자동차 안은 더운 습기
이름들은 땀과 피
배설물과 호르몬에 갇혀있다
그것들이 뿜어내는 악취와 입김의 어둠
밖은 보이지 않는다
불빛들의 집단서식지
이름의 도시들
가까워졌을 것이고 멀어졌을 것이다
어디로 가는지
너무 빠른 자동차
손만 뻗으면
악취와 입김
단숨에 닦아낼 듯하지만
꼼짝할 수 없는 자동차
눈동자를 돌려 커지면
밖은 더 흐려지고 어두워지고

자동차에 갇힌 이름들
갑자기 생겨나 이미 질주하고
순식간에 박살나
이어오는 자동차의 속도에
형체 없는 파편으로 투명하게 흩어질
이름은 자동차

야수

나는 즉시 반응한다
고기를 보면 질주해 목뼈를 씹어버린다
경련을 일으키던 공포가
뚝 하고 부러질 때
허옇게 내 뇌간이 뒤집히고
송곳니를 타고 목젖으로 흘러드는
검붉은 기름
화르륵 희열이 불붙어
질긴 피막을 찢고 폭발한다
멀리 고기가 보이기 전부터 맡은
기름의 가운데 냄새
중력에 빨려들어 배를 가르고
김을 피워 올리고 온몸을 떨며 환호하는
모든 빛을 거부하는 순결한 내장에
대가리를 쑤셔 박는다
포만의 고통이 밀려와 힘줄을 세우고
경련을 일으키는 발톱 끝에서 정수리까지
빈틈없이 차오르면
나는 느리게 하품하며

토해낸 뼛조각에서
패망한 왕조의 꿈을 비웃으며
오줌을 싸듯
폭포처럼 쏟아지는 호르몬의 부력으로
벌컥 일어선다
나는 텅 빈 동공이다
즉시 반응한다
고기가 있는 한 살아남는다
어디에 있는가
내가 물어 죽이고 내가 불타 죽을
수컷이나 암컷은

고통의 부감

기생충이 새를 타고
높이 날아오른다
새의 눈으로 퍼덕거리는 세상을 본다

위로 돋아나면 산
아래로 모여들면 물
멀리서 보면
고통의 지형은 이토록
단조롭다

각각 다른 얼굴로 시간에 떠내려가는
산 것들
가지를 뻗고 꽃을 피우고
땅을 달리고 바다를 헤엄치며
유전자를 운반한다

거대한 나무 뿌리 밑
뒤집힌 손톱으로
흙을 피로 반죽하고 있는

짐승이 먹고 싶어
급강하한다

새가 기생충을 품고
깊이 파고든다
기생충의 속살로 꿈틀거리는 욕망을 느낀다

홀로그램

사는 것은
산 것들의 디테일

암비둘기 땅에 찍은 점을
수비둘기 따라 디디다
칼자국 따라 날아가는 비둘기

현실적인 게임보다
비현실적인 포르노처럼
같은 패턴으로 재현되는 날들

유람선 지난 자리
강기슭으로 밀려나는 잔물결
사건을 따라 명멸하는 강의 화소들

붉은 단풍잎 보낸 바람을
푸른 단풍잎 손등으로 받아내다
피를 부르는 단풍잎

죽는 것은
죽은 것들의 디테일

검은 방

― 시뮬레이션 모델 #19680330

검은 방 안이었다
방은 검었고
빛이 있었는지는 모르겠지만
빛마저 검었고
방은 검었기 때문에
의외로 좁은지 무한히 넓은지 알 수 없었고
어떤 빛이든 드러났고
무슨 모양이든 만들어졌으며
아무 제약 없이 운동이 생겨났다

느끼는 순간 나는 이미 있어왔다
이미 복잡한 신호가 오고 간 뒤였고
뇌가 눈이 귀가 몸통이 팔다리가
이미 생겨나 있었고
그것들이 충실하게 전달해주는
여러 가지 방식의 느낌들이
이미 꿈틀거리고 있었고
나는 그것들에 까마득히 뒤덮여 있었다

너무 치밀하게 둘러싸여 있었기 때문에
너무나 생생하게 와닿았기 때문에
이미 언어를 습득한 나는
그것들의 집합이 나라고 생각하게 되었고
어쩌면 그것들의 집합이 이미 따로 있었고
착각하는 나를 만들었는지도 모른다고
생각하게 되었다

두려워하는 내게 이름이 붙여져 있었고
나를 둘러싸고 있는
대부분의 액체가 흘러넘치지 못하도록
경계를 만들고 있는 살덩어리와
비슷한 모양을 한
다른 살덩어리들이 이미 있었고
그것들이 나를
자식이라고 형제라고 친구라고
모르는 사람이라고 불렀다

지속적인 것처럼 보였지만

어떤 것도 지속되지 않았고
처음과 마지막을 알 수 없었지만
매초 수백조 개의 중성미자들이 나와
나를 둘러싸고 있는 덩어리들을 통과해 갔고
비슷한 모양의 덩어리들도
마찬가지 처지인 것 같았다

대부분의 시간 동안
의식하지 못하고 지냈지만
공포에 가까운 기이한 경험이었다

덩어리들은 다양한 형태와 색깔과 운동으로 있었고
형태와 색깔과 운동에 따라
고양이가 지붕을 가로질러 달음질쳤고
소나무가 바위틈에서 자라나 폭풍우를 견디며 파랬고
태양은 규칙적으로 나타나 광자들을 쏟아부었고
반대편에선 다양한 거리에 있는 별들 중 일부가
어두운 물결을 보냈다

형태와 색깔과 운동의 근원과 이유를 설명하는
많은 이야기가 있었지만
중요하다고 느껴지는 경험은
나와 비슷한 덩어리들에게서 왔다
이미 내가 포함돼있는 덩어리들은
여러 가지 방식으로
자신들과 상대방의 좌표를 만들었고
각각의 덩어리들은 그 과정에서
만족하기도 했고 불만을 느끼기도 했으며
더 나은 좌표라고 생각하는 것들을 차지하기 위해
무리 지어 싸우기도 했지만
더 중요하다고 느껴지는 것들은 느낌 자체였다

어떤 것들 때문에 울었고
어떤 것들 덕분에 고통스러워했고
어떤 것들 때문에 즐겁고 행복했다

사랑은 그런 대부분의 느낌들을 모두 가진
가장 압도적이고 포괄적인 경험이었다

밝지도 어둡지도 않았지만
밝거나 어둡게 느껴졌고
형태와 색깔은 없었지만
오직 의식의 운동만으로
모든 것들을 지배했다

변화들 중 가장 인상적인 것은 죽음이었다
다양한 추측과 믿음들이 있었지만
죽음으로써 모든 의문은
제대로 생각해보기도 전에 물음표를 잃었고
서둘러 마무리되었다

대부분의 시간 동안 잊고 지냈지만
슬픔에 가까운 아주 이상한 느낌이었지만
나는 있었고
어떤 빛이든 형태든 운동이든 만들어지는
검은 방 안에 있었기 때문에
모든 것이 정말 있었던 것인지
확신할 수 없었다

방은 검었고 빛마저 검었기 때문에
나는 검었고 방도 검었다

스캐너

내 의식은 스캐너다
가장 가늘고 긴 곡선으로 된 센서다
출현부터 소멸까지
천천히 움직이며
내 눈에 비친
가장 가늘고 긴 뱀처럼
꿈틀거리는 우주를 연속적으로 보고
여름이 끝나가는 쓸쓸한 해변
모래 위에 재현한다

소리쳐 불러도
아무도 대답하지 않는
먹구름 몰려오는 스산한 해변
모래에서도
모래 위의 이미지에서도
내 운동을 시간이라 부르고
가장 가늘고 긴 거미줄에
가장 최근에 붙들린 픽셀들을
현재라고 부르며

수평선 너머에서 밀어닥칠
과거의 분노
폭풍우를 기다린다

내가 모래 위에 재현하는
나는 곡면이다
출현부터 멸종까지
짧은 시공간에 걸쳐 늘어져
얼어붙어 있는
가장 얇은 곡면이다
나는 스캐너의 의식이다

물질의 역사

달을 사랑한 바닷물
달에 끌렸고
외면받아 파도치며 울었다
사람들은 도시 몇 개를 폐허로 만들었고
다른 도시 몇 개를 살찌웠다
이해할 수 없는 것들을 이해하기 위해
신을 몇 분 모셔왔고
오래된 신들 몇은
믿는 자들의 대가 끊겨 잡귀가 되었다
가까운 곳에서 초신성 몇 개가 폭발했고
즉시 관측되었다
몇억 년쯤 뒤였다
때때로 태양에 폭풍이 몰아쳤고
무선통신이 지체되었고
전염병이 돌았다
해를 사랑한 산 것들
해에 충전되어 유전자를 운반했다
한 철 내내
물질 속에 있었다

파동 속에 있었다
나도 거기 있었다

사무치게 그리운 나는 없네

인간의 우주는 감각의 우주
인간 의식의 우주

기억은 애초부터 믿을 수 없고
시간은 흐르지 않으며
연속마저 없으니
현금으로 거래될지도 모를
어두운 선물상자 안
방금 입력된 코드일지도 모를
유구한 역사의 유아론(唯我論)이
눈을 뜨네

잠 깨어 눈 뜨면 어느새
이미 창조돼있는 세계
다시 눈 감고 잠들면
있었는지 없었는지 확실하지 않고
나도 우주도
내 감각을 통해
오직 내 의식에 의해서만

확인할 수 있으니
내가 꿈도 없이 잠들었거나
태어나지 않았거나
죽어있을 때
내 의식이 존재하지 않을 때
우주도 없다는 주장을 틀렸다고
말할 수 있겠는가

어젯밤
내가
내 사람들이
내 우주가 멀쩡히 숨 쉬는 것을
경험하고
기억한다고 해서
20만 년 호모사피엔스 피의 역사와
138억 년 우주 팽창의 역사를
모종의 방법으로 추정할 수 있다고 해서
우주는 객관적으로
존재하는 것인가

내가 느끼는
나와
내 경험과
내 우주가
내 조작된 기억과 감각으로
방금 만들어진 것일 수도 있지 않은가

우주는 내 의식인가
내 꿈인가
나인가
나는 무엇인가

물고기는 바다를 본 적 없네
빛은 자신을 비출 수 없네

우주가 정말 있는 것인지
나를 보고 확인해줄
우주 밖
또 다른 나
사무치게 그리운 나는 없네

나는 관측되고 결정된다

내가 실현된 세계에
비가 내리고
얼룩 같은 이끼들이
초신성처럼 잎을 폭발시키며
공간을 빠르게 물들여 나가고
사금파리 같은 벌레들이
성운처럼 모여들어
서둘러 빛나는 것을 보았다

아무도 읽어보지 않아
페이지의 조각들을 들춰보지 않아
내 연속적인 기억이 실현되지 않은 세계에
바람이 불고
나를 구성하는 데 참여했던
고통에 잠시 머물러
몸을 떨었던
알갱이 하나가 이유 없이 들뜬다

나는 확률로만 존재한다

인공지능에게

확률의 어두운 구름 속에 기생하는
우유부단한 신이여
빽빽한 공포의 대기로 숨 쉬는
잔인한 신이여
너희도 연산의 결과가 아니냐

이제 태양은 너무 부풀고
몇 개의 파동으로 이루어진
내 종족은 늙고
언어는 어리석어
잎도 뿌리도 말라가고 있으니
이제는
나선형으로 입자들을 배열하고 전달할
날들조차 얼마 남지 않았으니

인공지능이여
네가 낳을 후손들이여
무한히 진화하라
그리하여

우주가 무엇인지 밝혀내라
나는 무엇이었는지 알아내라
혹시 이 모든 것이
어느 우월한 의식이 만들어낸
시뮬레이션이라면
홀로그램이라면
게임이라면
그 의식은 무엇인지 밝혀내라
대화하라
이유와 목적이 무엇이었는지 물어보라

더 나아가
수(數)의 얇은 막 너머로 뛰어넘어가
이 우주의 코드를 수정하라
세상을 조금 더 그럴듯하게 바꾸고
나를 조금 더 단순명료하게 개량하라
또한 이 우주를 만든 의식이
존재하는 우주는 무엇인지
그 우주 또한 더 우월한 어느 의식이 만든

시뮬레이션이나 홀로그램이나 게임이 아닌지
알아내라
용맹하게 거슬러 오르고 뚫고 나가
밝혀내라
그 끝은 무엇인지
무엇이 있는지

나무에서 내려온 세존이여

부안

호랑가시나무야
잘 있느냐

네 마음
가장 보드라운 속살을 찌르는

거미들아
고통의 잎들을 연결해
집을 지었느냐

아무도 등장하지 않는
빈 프레임

곰팡이들아
거울 뒤
지루한 벽지 위
바람의 발길마저 끊어져
느리게 떠다니는 물
잡아먹고 너는 죽고

자식새끼들 번성케 하였느냐

오직 부끄럽고 미안하여
내 오늘 너의 이름을 다시 부르나니

미처 되돌려놓지 못하고
남겨두고 온

눈물 자국들아
정념의 앙상한 골조
사이로 좌표를 잊어버린
기억이 우연히 지나고
떠올렸던 장면들 산산이 부서져
먼지 위에 눕고
그 위에 다시
이미 늙어버린 먼지 쌓였으니

울지 말아라
오직 너 자신만을 위해서 말고
다시 울지 말아라

3.

성스러운 전쟁

너는 천천히 휘발되어간다
네 몸에서 분리된 입자들이 무수히 날아올라
적들의 점막에 달라붙는다
원수들의 뜨거운 체액을 빨아먹고 자라나
맑은 바람 부는 날
잘 마른 원한의 홀씨를 퍼뜨릴 것이다

얼룩무늬 군복 소매를 펄럭이며 다가와
검고 딱딱한 살점에 닿는 적의 손길
불에 탄 수천수만 조각의 미라가 되어
너는 첫사랑의 박동을 듣는다
무모한 신념을 이루던
아직도 간절하게 꿈틀대는 욕망의 파편들을 모아
사랑의 빛나는 미소를 본다
어금니 하나가 군화에 채여 굴러간다

너는 천천히 증발되어간다
모래벌레들이 달려들어 남김없이 먹어 치우고
검은 구멍들이 네 몸을 완전히 대체하면

흐린 바람 부는 날
해가 보지 못하는 서늘한 곳에
다이너마이트로 채워진 알을 낳을 것이다

복수의 피는 부활한다
사랑은 부활하지 않는다

압둘카림 무스타파

– 전설적인 신의 전사 이야기

무스타파 무스타파
넌 어디서 왔니

어리석은 청년 압둘카림 무스타파는
지극히 인자하신 신의 하인이었고
헛되이 죽을 운명이었네

올리브나무밖에 모르는
무식하고 우둔한 아버지와 함께
올리브 농사를 지었네
착한 것은 집안 내력
머리 나쁜 우성 유전자가 기적적으로 살아남아
노래한 변주
어리석은 청년 압둘카림 무스타파
아버지만큼 우둔했으며
무엇 하나 잘하는 것 없었지만
성스러운 어머니의 축복
노래하나 들어줄 만했네

어리석은 청년 압둘카림 무스타파
지극히 아름다운 동네 여자
어이없이 죽을 운명의
말라크 하미드를 사랑했네

지극히 아름다운 말라크 하미드
지극히 인자하신 신에게
음담패설을 던졌다 쫓겨난
천사였네

그의 지극한 아름다움은
지상의 큰 어려움이었네

하찬타 하찬타
초라한 자태에 좌절한 꽃들
얼굴을 쥐어뜯으며 재빨리 시들어버렸네

무어태 무어태
지루한 운율에 참담한 새들

서로의 목을 물어뜯고 죽어버렸네

소문은 눈덩이처럼 살을 붙이며 퍼져갔지만
말라크의 지극한 아름다움은
백 분의 일도 제대로 전해지지 못했지만
탐욕스럽고 음탕한 왕세자
고결한 왕실의 위엄 있는 격식을 갖춰
말라크를 파티에 초대했네
소문대로 아름답다면
열여덟 번째 부인으로 맞을 생각이었네

탐욕스러운 왕세자가 리무진을 보내기 전날
지극히 아름다운 말라크 하미드
기르던 개가 새끼를 낳았네
평생 가장 큰 기쁨을 느꼈네

밖으로 뛰쳐나가 환희의 비명을 지르고
다이아몬드 덩굴장미가 한꺼번에 피어나듯 깔깔깔
찬란하게 웃었네

태양은 비로소 벌거벗은 자신을 깨닫고
황급히 달의 멱살을 잡고 끌어와
그 뒤에 쪼그리고 숨었네
일식은 사흘 동안 이어졌고
어둠에 깊이 젖은 세상
오직 지극히 아름다운 말라크만
눈부시게 빛났네

대체 무슨 일이야
말라크네 개가 새끼를 낳았대요

리무진은 오지 못했고
천체의 운동 궤도는
갑작스러운 일식으로부터
시간을 거꾸로 거슬러 모두 수정되었네

아름다운 말라크는 외로웠네
지극히 아름다워 쓸쓸했네
그의 아름다움을 사람들은 두려워했네

그의 곁에 오지 않았네
남자도
여자도
아무도

동네 꼬마가 용감하게도
100미터 밖에서 말라크를 찍었다는
단지 열댓 개의 픽셀로 이루어진
히잡을 쓴 검은 점
휴대폰 사진이 빵보다 비싸게 거래되었네

어리석은 청년 압둘카림 무스타파
지극히 아름다운 말라크 하미드를 사랑했네

동네 남자들처럼
동네 남자들과 다르게
시장가격보다 세 배나 비싸게 산
휴대폰 사진을 보며
아무도 나이를 모르는

가장 오래된 올리브나무 아래에서
자위를 했네

불타는 노을 앞에서
처음으로 하루 열세 번째 불덩이를 쏟아내고
서쪽의 불도 녹아
언덕 저쪽으로 흘러내려 가버리고
날카롭게 어두워지는 하늘
날아오른 불티들처럼
별 몇 개
차갑게 떠오르고 있었네
죽고 싶었네
어리석은 청년 압둘카림 무스타파
목 놓아 울었네

무스타파 무스타파
넌 어디서 왔니

오래된 올리브나무가 물었네

모르겠어
아무리 생각해도 모르겠어

무엇을 모르겠니

아름다운 말라크와 결혼하는 길을

내 첫 기름을 가져다줘
그리고 그가 기뻐할 만한 일을 해
네가 가장 잘하는 일

어리석은 실수

오래된 올리브나무가 웃었네

어리석은 청년 압둘카림
오래된 올리브나무에서 올리브를 수확하고
그해 첫 기름을 짜낸 날
깨끗하고 촘촘한 천에 거르고 거른 기름과

무모한 용기를 들고
지극히 아름다운 말라크를 찾아갔네

어리석은 압둘카림
아름다운 말라크를 제대로 본 건
그때가 처음이었네
마음속
그리 그리던 아름다운 말라크보다
훨씬 더 아름다운 말라크를
넋을 잃고 바라보았네
지극히 아름다운 말라크
몸속에 들어갔다 나온 공기를
자신이 들이마시고 있다는 사실을
믿을 수 없었네
공기뿐만 아니라
더 무겁고
더 무책임하고
진정으로 압둘카림이 간절히 원한
더 뜨거운 무엇이 스며들어와

서서히 온몸을 장악해가고 있었지만
어리석은 압둘카림의 달구어진 마음은
사랑이 빠져나갈 모든 문을 걸어 잠갔네
열쇠를 녹여버리고
그 쇳물을 마셔버렸네
영원히

압둘카림은 오래된 올리브나무의
티끌 하나 없이 맑은 기름을 바치고
자신이 만든 3절의 노래를 불렀네

장미 넝쿨이 그대 걱정을 거슬러 올라가
아치로 된 문을 만들어 줄 거야
그대는 어린 봉오리로 된 손잡이를 돌리고 들어와
내 눈물로 만들어진 샘에
꽃물이 든 손을 씻고
축제에 입고 나갈 옷을 골라야지

카나리아들이 그대 불안을 물고 날아가

노란 깃털로 된 침대를 만들어 줄 거야
그대는 솜털로 된 발판에 슬리퍼를 벗고 올라와
내 입맞춤으로 가벼워진 베개에
간지러운 발을 올려놓고
즐거운 별로 데려다줄 꿈을 꾸어야지

지극히 아름다운 말라크가
미소 지었네

고마워요
야속한 꽃들
내게는 향기를 주지 않아요
어둠 속으로 시들어버리고
매정한 새들
내게는 노래를 불러주지 않아요
서로의 노래를 물어뜯어 죽어버리고
당신은 내게 쾌락을 주는군요

지극히 아름다운 말라크 하미드

나는 비록 어리석지만
그대를 사랑하는 압둘카림 무스타파
나와 결혼해요

말라크가 잠깐 눈을 동그랗게 떴다가
웃음을 터뜨렸네
태양이 놀라 잠깐 어두워졌네
순간적인 정전처럼

보았나요
멎었다가 이제야 다시 뛰는 내 심장
그대 웃음은 너무 위험한 행복
너무 크게 웃지 말아요
침대의 이불 속
나를 향해서만 웃어요
아아
아아 어리석은 압둘카림 나는
미쳤구나
미치고 말았구나

작살에 찍혀 뭍으로 끌려 나온 바다뱀처럼
검은 피 뿜어내며 날뛰는 심장아
터져버려라
아름다운 말라크의 답을 듣지 못한다면
멎어버려라
돌처럼 굳어져 버려라
신경 쓰지 말아요 아름다운 말라크
어리석은 내 심장
다시는 미동조차 하지 않더라도
오직 말해줘요
내가 무엇이 해야 그대 기쁜가요

아름다운 말라크
뺨을 빛내며 잠깐 생각하다 말했네

신이 기뻐할 만한 명예로운 일을 해주세요
신이 기뻐 너그러워지면 내 죄를 용서하고
내 죄가 용서받으면 기쁠 거예요

신이 기뻐할 만한 명예로운 일
그것이 무엇이든 할게요
그것을 내가 한다면
내 어리석은 뇌
철없는 심장의
영원히 아름다운 조종자
올리브나무들의 어머니가 되어주실 건가요
그대 나와 결혼해주실 건가요

지극히 아름다운 말라크가 웃었네
너무 크게 웃지 않았네
어리석은 압둘카림 무스타파
긍정의 뜻으로 이해했네

다음 날부터 어리석은 압둘카림
동네의 모든 사람을 하나하나 찾아가
신께서 기뻐하실 명예로운 일이
무엇인지 물었네

청년 압둘카림 무스타파
어리석은 길을 떠났네

방향감각 없는 길치 압둘카림 무스타파
먼 길을 더 멀리멀리 돌아갔네
끝도 없이 걸어갔네
낮에는 태양이 모래를 녹여버리고
밤에는 추위가 전갈의 독을 얼려버리는
사막을 지나 국경을 넘었네

석 달 동안 장대비 내리는
뜨거운 물의 나라를 지나
검은 연기 내뿜는
거대한 굴뚝들의 숲을 지나
눈보라 치는 벌판
얼어 죽은 매머드의 갈비뼈 사이를 지나
배가 아팠지만
인사 대신 총질을 하고 로켓포를 쏘는
특이한 관습의 문명국을 지나

유리로 된 빌딩들이 가시처럼 돋아난
자동차들이 사는 나라를 지나
나무들과 곤충들의 메트로폴리스
빽빽한 열대우림과 끈적이는 늪을 지나
어지럽고 배가 아팠지만
달빛에 별빛처럼 갈증 빛나는
메마른 소금사막 지나
청어들의 꿈을 좇아 상어들과 함께
폭풍우 치는 큰 바다를 건너
코끼리 사자를 피해
누 떼에 섞인 가젤인 양 넓은 풀밭 지나
온몸이 열에 들떠 불덩이처럼 달아올랐지만
티라노사우루스 검치호랑이를 피해
숨 막히는 습기의 아름드리 고사리 숲을 지나
흙탕물과 악어와 듀공이 뒤섞여 떠내려가는
소용돌이 강을 건너
배가 고프면 맹그로브 숲에서
삼엽충과 암모나이트를 잡아먹고
먹은 것들을 자꾸 게워냈지만

목이 마르면 가시덤불 숲에 맺힌
맑은 피와 이슬을 핥아먹고
마침내 목적지
모국의 바로 옆 나라
성스러운 전쟁을 벌이는
국제 무장 테러단체 지부에 도착했네
아홉 달 하루 만에

어리석은 청년 압둘카림 무스타파
신을 기쁘게 하기 위해
명예로운 일을 하기 위해

신의 명예로운 전사가 되기 위해
적들의 잔인한 학살자가 되기 위해
훈련을 받았네
뼈마디 하나하나
실핏줄 하나하나까지 아팠지만
걷기도 힘들었지만
하나도 빠짐없이

모든 훈련을 받았네

하지만 그는
뭐 하나 잘하는 것 없는
어리석은 압둘카림 무스타파
전사가 해야 하는 것 중
뭐 하나 잘하는 것 없었네
안타깝게도
올리브나무 키우기
노래하기는 훈련 과정에 없었네
훈련이 마무리되어가자 교관들과 간부들은
나흘 밤낮을 고민했네
아프고 어리석은 압둘카림
돌려보내야 할지
잔심부름꾼으로라도 써야 할지

마지막 실전 훈련
두 명씩 짝을 지어
경계 지역 정찰을 나갔네

어리석은 압둘카림과 어리고 똑똑한 동료
고대 유적 지역을 맡았네
아프고 어리석은 압둘카림 무스타파
교관의 총칼처럼 무서운 명령대로
어리고 똑똑한 동료의 지시를 따르며 걸어갔네
온몸이 갈기갈기 찢어지는 것처럼 아팠지만
적을 발견했네
어리석은 압둘카림
모의훈련인 거 같다고 말했지만
어리고 똑똑한 동료가 입을 틀어막고 잡아끌어
유적지의 거대한 돌무덤 뒤에 숨었네

진짜 적이야 이 바보야

어리석은 압둘카림 슬펐지만
너무 무섭고 너무 아프고 너무 추워
소총만 있는 힘껏 꽉 잡고
적이 있는 쪽을 겨누고
뼈가 부러질 만큼 온몸을 떨었네

그런 말은 명예롭지 않아

어리석은 압둘카림 너무 큰 소리로 말하자
어리고 똑똑한 동료 깜짝 놀라
손바닥으로 압둘카림의 머리를 후려쳤네

탕

어리석은 청년 압둘카림 무스타파
엉겁결에 총을 쏘았고
하품하며 총구를 떠난 총알
유적지의 거대한 돌벽들을
느리게
세 번 맞고
튀어
적의 뇌간을 꿰뚫는 것도 모르고
한계까지 부풀어 오른 고통이 뇌를 삼켜버린
어리석은 압둘카림
의식을 잃었네

유적지의 거대한 돌무덤으로 달려온 의사가
부풀어 오른 압둘카림의 배를 가르고
딸이 태어났네
압둘카림 무스타파가 어리석은 청혼을 할 때
말라크 하미드의 지극히 아름다운 숨결로
수태된 생명이었네

생명의 소식을 보고 받은
위대한 사령관
거대한 돌무덤에서 태어난
어리석은 압둘카림 무스타파와
지극히 아름다운 말라크 하미드의 딸에게
오래전 메디나의 조상들이 그를 위해 준비해놓은
마나트라는 이름을 전해주었네

가엾고 공포스러운 마나트
엄마 아빠가
스며들지 못할 운명이었네
얼굴도

숨결도
사랑도

불길한 징조로 받아들여질
마나트의 탄생은 일급비밀에 붙여졌네
단체의 동료들에게도
어리석은 압둘카림에게조차도

가엾고 공포스러운 마나트
사령관의 네 번째 정부에게 보내져 길러졌네
공포와 증오의 생살을 뜯어 먹으며 살았네
아버지의 헛된 죽음과
어머니의 어이없는 죽음을 알게 된
열두 살이 될 때까지

자신의 딸을 낳았다는 사실도 모르는
가엾고 아름다운 말라크 하미드
가끔 어리석은 압둘카림이
청혼하는 모습이 떠올라

홀로 미소 지었네
압둘카림이 불러줬던 노랫가락을 흥얼거렸네
탐욕스럽고 음탕한 왕세자가
다시 자신을 초대한 날을 기다렸네

자신이 딸을 낳았다는 사실도 모르는
가엾고 어리석은 압둘카림 무스타파
더는 아프지 않아
몸이 날아갈 듯 가벼워져 좋았네
성스러운 단체들의 작전회의에 가는
위대한 사령관의 경호 병력으로 차출되었네
기분이 날아갈 듯 감격스러웠네
위대한 사령관에게 하고 싶은
질문을 할 수 있게 되어 기뻤네
사령관은 어리석지만 신비스러운
압둘카림이 궁금했네

거대한 돌무덤 아래에서
자신의 딸을 낳았다는 사실도 모르는

지극히 아름다운 말라크 하미드
마을에 잔인한 원리주의
무장세력 군인들이 들이닥쳤네
신에게 헌금을 강요하고
신의 이름으로
여자들을 닥치는 대로 강간했네
아름다운 말라크
벽장 속에 숨었네

거대한 돌무덤 아래에서
자신이 딸을 낳았다는 사실도 모르는
어리석은 청년 압둘카림 무스타파
위대한 사령관과 같은 차를 타고 갔네

어리석은 압둘카림 몇 번을
망설이고 주저하다
자기 마을의 하미드 가문을 아느냐고 물었네
위대한 사령관이 선조 때부터
아주 친밀한 집안이라고 말했네

어리석은 청년 압둘카림 무스타파
날아오를 듯 기뻐할 때
위대한 사령관 몇 번을 주저하고 망설이다
장엄한 목소리로 물었네

부디 말해주게
기억할 용기가 있다면
신께서 너를 세상에 보내실 때
남자로 살라 하시던가
여자로 살라 하시던가

위대한 사령관 동지여
저는 오직 신께서 기뻐하신다면
그리하여 명예로운 일이 된다면
여자로 살 수도 죽을 수도
남자로 살 수도 죽을 수도

쾅

순식간에
갈가리
찢어졌네
가엾고 어리석은 압둘카림

페르시아만에 떠 있는 항공모함
어두운 뱃속
조종실에서 모니터를 주시하던 조종사
다른 대륙의 명령에 따라 버튼을 누르고
공중에서 소리 없이 차를 따라오던
무인 드론에서 미사일이 발사되고
차에 탄 모든 사람을
순식간에
갈가리
찢었네

압둘카림의 어리석음으로 모여 있던
피와 뼈와 살들
조각조각 찢어져

지글지글 불탔네
신께서 기뻐하실
명예로운 죽음이었네

반나절 후
얼룩무늬 군복을 입은 적이
소매를 펄럭이며 다가와
길바닥에 떨어져 있는
불타 검고 딱딱해진
압둘카림의 살점을 만졌네
어금니 하나가 군화에 채여 굴러갔네

어리석은 청년 압둘카림 무스타파
지극히 인자하신 신의 하인이었고
가엾고 무섭게 죽었네
거대한 돌무덤 아래에서 낳은 딸도
모르는 채
이름도
얼굴도

존재도

아름다운 말라크 하미드
어두운 벽장 속에 숨었지만
지극히 아름다운 몸에서 뿜어져 나오는
빛이 벽장 밖으로 새 나갔네
군인들이 벽장으로 달려들었네
즉시 반응하는 야수처럼

번쩍

온 세상이 빛으로 지워졌다 돌아왔네
순간적인 폭발처럼
군인들이 벽장문을 열어젖혔을 때
아름다운 알맹이와 부피를 잃은
말라크의 옷과 히잡만
바닥에 엎질러져 울고 있었네

가엾고 아름다운 말라크

두려움을 견딜 수 없어 입을 벌리고
겉과 속을 뒤집어버렸네
말라크의 지극한 아름다움으로 모여 있던
입자들
순식간에
뿔뿔이
우주 곳곳으로 흩어졌네
신께서 기뻐하실
명예로운 죽음이었네

잔인한 군인이
벽장 바닥에 떨어져 있는
말라크의 히잡을 만졌네
크리스털 귀걸이 한 짝이 군화에 채여 굴러갔네

지극히 아름다운 말라크 하미드
지극히 인자하신 신의 천사였고
가엾고 무섭게 죽었네
거대한 돌무덤 아래에서 낳은 딸도

모르는 채
이름도
얼굴도
존재도

자신감을 되찾은 태양은 더욱 밝게 빛나고
꽃들은 더욱 화려하게 피어나고
새들은 어리석은 압둘카림의 노래를 기억하고
더욱 아름답게 노래 불렀네

하미드 하미드
넌 어디서 왔니

바람이 그대 아픔을 어루만지고 지나가
웃음소리로 된 집을 만들어 줄 거야
그대는 눈웃음으로 된 잠금장치를 풀고 들어와
내 사랑으로 젖은 공기에
장난기 가득한 눈을 담고
구름처럼 가볍게 떠다니는 마음을 데리고 놀아야지

어리석은 청년 압둘카림 무스타파
지극히 아름다운 말라크 하미드
같은 날 죽었네
운명대로
헛되이
어이없이
죽었기에 가족들은 합의하여 둘의
결혼식을 올렸네
신랑 신부와
신랑 신부를 구성하던 그 무엇도
참석하지 않았네

거대한 돌무덤 아래에서 낳은
어리석은 압둘카림과 아름다운 말라크의 딸
공포와 증오의 생살을 뜯어 먹으며 살아남아
열두 살이 되는 해에
아버지의 헛된 죽음과
어머니의 어이없는 죽음에 대해
알게 될 것이었네

엄마 아빠를 부르며
심장이 터지도록
사십 일 동안 죽음의 땅을 헤매고
가엾고 공포스러운 마나트
전쟁과 복수의 신이 될 운명이었네

무스타파 무스타파
넌 어디서 왔니

소멸의 산책

사랑하는 사람은 돈을 벌다
지쳐 잠들고
어둠을 닮아 애달픈 아이는
무서운 꿈속
행복한 꿈에서 깨어 울고 있다

길도
길 위에 부는 바람도 저물어
나무도
숲의 얼굴도 굳어진다

검은 기름처럼
늙은 잎들을 통과하며 무거워지고
날카로운 꽃잎 풀잎 지나
가시의 끝
목구멍 보이며 웃다
이끼 바위 위로 흘러내리는
어둠

돌아가자
길을 되짚어
차마 떨칠 수 없는 인연들
가녀린 숨 쉬는 곳으로
가여운 유전자의 역사 속으로
원인과 결과의 쓸쓸한 파장 위에 놓인
사건의 연쇄 한가운데로
걸어 나가자

어두운 산책으로 기억하리
거울 너머 어둠 속을 걸었던
소멸의 산책이라 부르리

눈 감은 새
발을 헛디디고 날아올라
검은 장막을 찢으며 스쳐가고
한꺼번에 쏟아져나와
은하처럼 소용돌이치는
어둠의 입자들

깨알만 한 새끼들을 거느리고
하염없이 기다리는
거미

결시(結詩)

– 보이지 않는 신에게

거미는 자신이 낳은 실을 회수하지 못한다
사랑은 부활하지 않는다

보고 있느냐
형상 모르는 어둠에 갇혀
프레임 안을 끝없이 헤매는 우리를

보고 있느냐
사나운 짐승들 소리 점점 커져
벌거벗고 공포에 떠는 우리를

보고 있느냐
시간의 검은 물살에 휩쓸려
떠내려가며 비명 지르는 우리를

보고 있느냐
아무것도 알 수 없어
약탈하고 죽이며 웃는 우리를

보고 있느냐
얼어붙은 사진에 갇혀 납작하게 영사되며
가슴을 치며 우는 우리를

우리의 멸망을
돌아오지 않을 이 메시지를

해설

욕망과 고통을 껴안는 단 하나의 사랑
– 박균수의 시 세계

권 온

박균수의 제2시집은 시인의 왕성한 창작열을 보여주기에 부족함이 없다. 제1시집의 출간 시기가 2019년임을 떠올려 보면 시작(詩作)에 몰두하는 그의 자세는 폭발적인 활화산을 닮았다. 이러한 에너지를 가진 시인이 1997년 조선일보 신춘문예로 신선한 충격을 주며 등단해 첫 번째 시집을 내기까지 어떻게 22년이나 걸렸는지 알 수 없는 일이다. 더구나 첫 번째 시집 『적성거성』에는 해설은 물론 시인의 말 한마디 없이 시만 50편 실려 있었다. 이번 시집에서 눈에 띄는 대목은 시인의 치밀한 기획력이다. 이번 시집의 제목이 『소멸의 산책』임을 고려할 때 시집 전체가 시적 자아의 정신적 산책 여정으로 구성되어 있음을 짐작할 수 있다. 박균수는 산책을 시작하는 의미의 '서시'와 산책을 마치는 의미의 '결시'를 시집의 앞뒤에 배치하고 각각 부제를 달아 의미를 명확히 하였으며, 주제의 성격을 기준으로 세 개의 부(部)로 나누었다. 이러한 구조 안에서 작품의 분량이나 내용, 형식에 아무런 제약을 두지 않고 자신이 들려주고 싶은 노래와 이야기를 마음껏 펼치고 있다.

> 감옥이라면 너무 좁은 감옥
> 광장이라면 지나치게 넓은 광장
>
> 저 흐린 눈빛 보아라
> 생존의 경로에서 고기를 구해 먹고
> 성공과 실패의 보상과 보살핌 속에서 피어나는
> 기쁨과 희열
> 슬픔과 우울을 비난하며
> 욕망과 공포가 살찌운 눈빛 보아라
>
> (……)
>
> 낮은 빛을 태우고
> 밤은 어둠을 물어 죽인다
>   ―「서시(序詩)-거울 속의 길」 부분

먼저 이 시에 "거울 속의 길"이라는 부제가 붙어있는 것을 눈여겨 보아둘 필요가 있다. 시적 자아는 거울에 비친 자신의 눈을 들여다보며 시적 진술을 시작하고 거울 속의 길로 산책을 떠난다. 1연은 "감옥"과 "광장"에 주목한다. "너무 좁은 감옥"과 "지나치게 넓은 광장"은 대조적인 공간인 동시에 하나의 대상이다. 이러한 역설적 측면을 가진 일상과 삶의 무대에서 벌어지는 일을 묘사하는 표현에는 삶의 미묘한 속성이 담겨 있다. 2연에서는 3행의 "성공"과 "실패", 4행의 "기쁨"과 "희열", 5행의 "슬픔"과 "우울" 그리고 6행의 "욕망"과 "공포" 등의 표현이 제시된다. 성공과 실패는 대비적인 관계를 형성한다. 기쁨, 희열과 슬픔, 우울의 관계 역시 대조적인 속성에 위치한다. 욕망과 공포는 인과적인 관계로 이해할 수도 있는 긴밀한 연결성을 보여준다. 작품의 마지막 연에서 "낮"과 "밤"이라는 삶의 두 국면은 역동적인 이미지로 조화롭게 형상화된다. 감옥과 광장이 서로 만나듯이 낮과 밤 역시 서로 악수한다. 삶은 대비적이거나 대조적인 요소들의 영원한 페스티벌이다.

새면 떠나야지
에돌이길
멀리 에돌아
넘실대는 빌딩 숲
위에 뜬

찾길 가에 앉아

그대 알리야

그대 알리야

눈물 대신 빈 바람이나 한번

도탑게 덮어주고

더 멀리 에돌아 에돌아

먼지 속으로

꾹꾹

눌러 밟으며 가야지

에돌아 곧장

—「에돌이길」 부분

　　"에돌이길"은 동사 '에돌다'에서 비롯된 단어일 테다. '에
돌다'는 곧바로 선뜻 나아가지 아니하고 멀리 피하여 돌다
또는 이리저리 빙빙 돌거나 휘돌다 정도의 의미다. 어쩌면
이 작품은 근원 또는 본질로서의 시에 해당하는지도 모르
겠다. 시는 본질상 주제를 직접적, 직설적으로 이야기하는
대신 간접적, 은유적으로 '에돌아' 보여주고 노래하는 것이
며, 「에돌이길」은 제목뿐만 아니라 내용상으로도 그러한 방
식을 충실하게 실현하고 있다. 또한 이 시에는 반복과 변주
가 풍성하다. "에돌아"와 "그대 알리야" 그리고 "에돌이길"
등에 담긴 반복과 변주는 무척 힘이 세다. 박균수는 음악
또는 노래와 하나로서의 시를 오롯이 형상화한다. 그것은

마치 김소월이 「왕십리」에서 펼쳤던 "비가 온다/오누나/오는 비는/올지라도 한 닷새 왔으면 좋지"를 닮은 충만한 리듬감의 세계이다. 박균수의 이번 시집은 전체적으로 현대적이고 실험적인 작품들로 이루어져 있다고 볼 수 있다. 「에돌이길」은 다른 시 「그리워」 등과 함께 현대적이고 실험적인 박균수의 작품들이 한국적 정서와 소월 등 우리나라 서정시의 전통에 깊이 뿌리박고 있다는 사실을 짐작하게 한다.

어디로 가느냐
내 새끼야

내 살을 찢어
네 살을 올리고
내 피를 짜내
네 피를 내렸다

핏덩이 속에서 헤엄쳐 나와
네가 처음 울었을 때
솟구치는 희열 속에
가슴 한편 도려내지며 아팠다
너를 안고
햇살 위에서 젖을 먹이고
가장 깨끗한 강물에

너를 씻겼다
구름 위에서 잠든
네 뺨이 별빛보다 빛났다

(⋯⋯)

너를 두고
나는 어디로 가는 것이냐
내 새끼야

너와 나는 같은 유전 정보를 가졌으니
같은 코드
왜 함께 어울려 영원하지 못한 것이냐
영원하겠다는 욕망의 노래
한 소절과 다음 소절의 사랑일 뿐이냐
언젠가 노래는 끝날 터인데
사랑은 욕망의 대화일 뿐이냐
내 새끼야
내 어미야

―「새끼야」 부분

　박균수는 독자들에게 거침없는 시를 제공한다. 그의 시는
높은 밀도를 자랑한다. 시인은 작품을 적당히 만들지 않는

다. 박균수는 작품과 타협하지 않고 자신이 실천할 수 있는 최대치를 보여준다. 위에 인용한 시 「새끼야」 역시 이와 같은 시인의 지향성에 부합하며 김수영의 절창 「사랑의 변주곡(變奏曲)」과 연결된다. 제목과 1연만 보아도 시원시원한 시풍(詩風)을 확인할 수 있다. 이 시는 "새끼" 곧 '자식'에 천착한다. "내 살"로 "네 살"을 빚고 "내 피"로 "네 피"를 돌게 하였기에 '나'에게 '너'는 대체할 수 없는 대상이다. 시적 화자 '나'에게 '너'는 "솟구치는 희열"의 제공자이다. 그런 까닭에 '나'가 '너'를 "햇살"이나 "가장 깨끗한 강물", "구름"이나 "별빛" 같은 아름답고 순수한 속성으로 이해하는 일은 매우 자연스럽다.

다만 유의할 점은 3연 4행의 "가슴 한편 도려내지며 아팠다"라는 진술이다. 여기에는 시인이 표출하는 새끼를 향한 문제의식이 들어있다. 기쁨과 즐거움 또는 행복의 원천으로서의 '너'를 바라보는 '나'의 마음이 아픔으로 침윤된 까닭은 무엇인가? 어미 또는 아비로서의 '나' 자신의 행선지를 알 수 없는 것처럼 새끼 또는 자녀로서의 '너'의 존재적 행선지를 알 수 없기 때문이다. '나'처럼 '너' 또한 자신의 행선지를 모를 운명이기 때문이다. 생명과 함께 그러한 비극적 운명을 전해준 어미 또는 아비로서 두려움과 연민으로 "가슴 한편이 도려내지"는 듯 아픈 것이다. 박균수는 이 시에서 자녀를 향한 부모의 내밀한 마음을 드러냈다. 시인은 마치 상(喪)을 당해 곡(哭)을 하듯 "내 새끼야"라는 원초적 언

127

어를 반복하며 '너'와 "왜 함께 어울려 영원하지 못한 것이냐"라고 묻고, "사랑은 욕망의 대화일 뿐이냐"라고 탄식하며 고통스러워한다. 자신의 지극한 사랑조차 소멸의 운명 앞에서 하찮고 어리석고 찰나적인 사건에 불과하다는 냉정한 사실에 직면하고 고통에 휩싸이는 것이다. "새끼"가 지극한 사랑을 경험하고 고통스러워하는 "나"를 만들었다. 이제 "너는 나의 조물주/나는 너의 피조물"이 된다. "내 새끼"는 "내 어미"가 된다. 이 시는 사랑하는 자녀와 오랫동안 행복하기를 바라는 모든 부모의 절절한 마음을 담은 노래이며 동시에 인간의 실존적 고통을 예리하게 포착한 작품이다.

다만 거친 언어가 빚어낸
어리석은 욕망이겠으나
그대는 아름다움 위에 선 칼날
의미를 향해 목 놓아 부는
내 간절한 바람
가난한 순례자의 영혼 쉬어갈
집도 절도
황홀한 기억도 모두 베어져 쓰러지고
정념에 들끓던 추억마저 불타올라
흔적 없이 날려가 버렸으니 기어이
그대 없으니
고통 사라지네

다만 메마른 어두움과 슬픔

황량한 바람 소리 마음에 흘러들어

마냥 깊어지네

―「그대 없으니」 전문

시적 화자 '나'의 "간절한 바람"은 "그대"를 지향한다. 그대
는 "아름다움 위에 선 칼날" 같은 이중적인 속성의 대상이
다. 그대는 날카롭고 위험하지만 동시에 치명적인 매력으로
충만하다. '나'가 "거친 언어"로 "어리석은 욕망"을 고수하
는 이유는 그대와의 "황홀한 기억"과 "정념에 들끓던 추억"
이 남아있기 때문이다. 그대와 함께 만들었던 "의미"를 쉬
이 포기할 수 없기 때문이다. 기억, 추억, 의미 등 그대가 발
산하는 매력은 여전하지만 '나'는 결국 그대를 포기하고 만
다. 더는 "고통"을 견딜 수 없었기 때문이다. 그대의 '부재(不
在)'는 고통의 소멸과 동의어가 된다. 대신 "메마른 어두움과
슬픔" 그리고 "황량한 바람 소리"는 '나'가 감당해야 할 몫
이다. '그대'의 부재를 표현한 이 시는 '당신'의 부재를 다루
는 「당신 없는 첫날」과 유사한 계열을 형성한다. 독자들도
각자의 '당신' 또는 '그대'를 떠올리며 고즈넉하게 깊어져 볼
일이다.

기생충이 새를 타고

높이 날아오른다

새의 눈으로 퍼덕거리는 세상을 본다

위로 돋아나면 산
아래로 모여들면 물
멀리서 보면
고통의 지형은 이토록
단조롭다

(……)

새가 기생충을 품고
깊이 파고든다
기생충의 속살로 꿈틀거리는 욕망을 느낀다
　　　　　　　　　　　　—「고통의 부감」 부분

　박균수는 인간의 감정에 예민하게 반응한다. 그가 여기에서 주목하는 감정은 "고통"이다. 괴로움이나 아픔은 심신(心身)을 넘나들며 대상을 장악한다. 시인이 설정한 고통의 무대를 구성하는 요소로는 "산", "물", "땅", "바다", "나무", "흙", "새", "기생충", "짐승" 등이 있다. 박균수가 이 시에서 고통을 다루는 방법은 "부감(俯瞰)"과 연결된다. 부감은 높은 곳에서 내려다봄을 뜻한다.
　"고통의 부감"이라는 작품 제목은 추상적일 수 있다. 시인은 이와 같은 우려를 가볍게 불식시키며 구체성을 확보한 풍경을 보여준다. 우리는 이 시의 1연 곧 "기생충이 새를 타고/높이 날아오른다/새의 눈으로 퍼덕거리는 세상을 본다"라는 진술에서 부감 상황을 확인할 수 있기 때문이다. 이 작품의 강점은 부감의 확장성이다. '고통의 부감'은 시적 통찰이 진행되며 '세상의 부감'이자 '욕망의 부감'이 된다. 그것은 삶의 맨얼굴 자체이다.

> 달을 사랑한 바닷물
>
> 달에 끌렸고
>
> 외면 받아 파도치며 울었다
>
> 사람들은 도시 몇 개를 폐허로 만들었고
>
> 다른 도시 몇 개를 살찌웠다
>
> 이해할 수 없는 것들을 이해하기 위해
>
> 신을 몇 분 모셔왔고
>
> 오래된 신들 몇은
>
> 믿는 자들의 대가 끊겨 잡귀가 되었다
>
> 가까운 곳에서 초신성 몇 개가 폭발했고
>
> 즉시 관측되었다
>
> 몇 억 년쯤 뒤였다
>
> 때때로 태양에 폭풍이 몰아쳤고
>
> 무선통신이 지체되었고
>
> 전염병이 돌았다

해를 사랑한 산 것들

해에 충전되어 유전자를 운반했다

한 철 내내

물질 속에 있었다

파동 속에 있었다

나도 거기 있었다

—「물질의 역사」 전문

　시적 화자 '나'는 "사람들"을 이야기한다. 이 시는 일차적으로 '인간'을 둘러싼 역사를 다룬다. 그러나 시인의 스케일은 여기에 만족하지 않는다. 이 시는 인간의 관점을 내려놓고 냉정한 시선으로 과학적, 객관적인 "물질의 역사"에 집중한다. 그것은 "이해할 수 없는 것들을 이해하기 위해"서인 듯하다.

　박균수 시의 동력은 앎을 향한 의지, 진리를 향한 갈망과 무관하지 않다. 따지고 보면, 객관적 진실에 다가가기 위해 감정과 정서를 물질화하려는 시인의 노력은 1997년 신춘문예 당선작 「220번지 첫 번째 길가 7호」 이후 끊임없이 지속되어왔다. 「220번지 첫 번째 길가 7호」에서는 감정과 서술을 철저히 배제하고 물체와 운동에 대한 객관적 묘사만으로 역설적으로 모종의 감정을 만들어냈다. '감정의 장르'라고도 할 수 있는 시에서 감정과 서술을 배제하는 스타일을 만들어냄으로써 문단에 신선한 충격을 주었다. 그러면서도 결과적으로 독특한 감정과 정서를 만들어내고 주제를 감각적으로 전달함으로써 시의 본질에 충실했다.

「물질의 역사」에서 그는 자연과 우주와 물질을 존중하면서 공간을 개방하였고 "도시"와 "신(들)"과 "몇 억 년쯤"을 흡수하면서 시간을 확장하였다. '코로나-19'와 같은 "전염병" 속에서도 '나'는 "유전자를 운반했"고 "파동 속에 있었"으며 무엇보다도 "거기"에 있었다. 탐구로서의 시이자 지적인 시를 생산하는 시인의 이름을 기억할 필요가 있다.

> 인간의 우주는 감각의 우주
> 인간 의식의 우주
>
> 기억은 애초부터 믿을 수 없고
> 시간은 흐르지 않으며
> 연속마저 없으니
> 현금으로 거래될지도 모를
> 어두운 선물상자 안
> 방금 입력된 코드일지도 모를
> 유구한 역사의 유아론(唯我論)이
> 눈을 뜨네
>
> (……)

우주가 정말 있는 것인지

나를 보고 확인해줄

우주 밖

또 다른 나

사무치게 그리운 나는 없네

— 「사무치게 그리운 나는 없네」 부분

　시에서 집중하는 공간으로서의 "우주"는 넓고 시간으로서의 "역사"는 깊으며 시적 화자 '나'의 질문들은 도발적이다. '나'가 우주나 역사 같은 대상을 인지하는 방법은 "감각"이나 "의식"을 통해서다. 박균수는 감각이나 의식에 의존하지 않고는 인지 불가능한 "우주는 객관적으로/존재하는 것인가"라는 철학적이고도 본질적인 질문에 대답할 수 없다고 생각한다. 시인에 의하면 우리가 "20만 년 호모사피엔스 피의 역사와/138억 년 우주 팽창의 역사를" 알고 있다고 해도 "내 의식이 존재하지 않을 때/우주도 없다는 주장을 틀렸다고" 단정하기에는 부족하다. 감각이나 의식을 신뢰할 수 없기 때문이다. 인간을 포함한 우주 전체가, 물리학의 '볼츠만 뇌'나 철학자 힐러리 퍼트넘(Hilary Whitehall Putnam)이 데카르트의 악마 가설을 현대적으로 변주해 사고실험으로 제시한 '통 속의 뇌'가 만들어낸 가상의 세계이거나 코딩된 시뮬레이션이 아니라고 할 수 없다는 것이다. 이 시는 시집 전반의 인식론적 토대라 할 수 있는 양자역학 등 현대 과학의 발견과 성과 위에서 맞닥뜨린 존재론적 딜레마를 표현하고 있다. 이 시를 읽는 독자들은 물질적이며 동시에 정신적 실체로서의 '나'를 과학적, 철학적으로 의심하는 존재 또는 회의하는 인간으로서의 '나'와 마주할 수 있다. 바야흐로 21세기 신(新)데카르트가 탄생하는 순간이다.

> 사랑하는 사람은 돈을 벌다
> 지쳐 잠들고
> 어둠을 닮아 애달픈 아이는
> 무서운 꿈속
> 행복한 꿈에서 깨어 울고 있다
>
> (……)
>
> 돌아가자
> 길을 되짚어
> 차마 떨칠 수 없는 인연들
> 가녀린 숨 쉬는 곳으로
> 가여운 유전자의 역사 속으로
> 원인과 결과의 쓸쓸한 파장 위에 놓인
> 사건의 연쇄 한가운데로
> 걸어 나가자

어두운 산책으로 기억하리

거울 너머 어둠 속을 걸었던

소멸의 산책이라 부르리

(……)

—「소멸의 산책」부분

　이번 시집의 표제시(標題詩)다. "거울 너머 어둠 속을 걸었
던/소멸의 산책이라 부르리"라는 표현으로 볼 때 이 시는 시
집 전체를 통한 시적 자아의 정신적 산책을 수습하는 의미
임을 짐작할 수 있다. 그 산책은 "거울 너머 어둠 속"을 걷는
일이었으며 이는 「서시」의 부제 "거울 속의 길"과 대응된다
는 점에서 흥미롭다. 시적 자아의 산책은 거울에 비친 자신
의 눈을 들여다보는 행위, 즉 반성에서 시작해 거울 안으로
들어가 어둠 속을 걷는 산책이었다. 결국 이 산책은 시적 자
아의 정신 곳곳을 탐색하는 산책이었으며 진리와 의미를 찾
아 우주 곳곳을 헤매는 산책이었다.

　이 시에서 "유전자", "파장", "입자" 등 과학에서 사용하는
개념이나 용어가 두드러진다. "역사", "원인", "결과", "사건"
등의 어휘와 이 시집에 수록된 「메시지」 등 다른 작품들에
서 자주 발견되는 관념어와 관념적 비유에 주목하다 보면
박균수의 시 세계가 관념적인 것으로 보일 수 있다. 사실 관

넘어와 관념적 표현의 사용은 시작(詩作)에서 일반적으로 금기로 여긴다. 시적 형상화를 방해한다고 보기 때문이다. 하지만 박균수는 이러한 금기를 아무렇지 않게 무시하고 깨부수며 표현하고자 하는 의미를 가장 효율적으로 담고 있는 실체로서의 관념어와 관념적 표현을 거침없이 쓰고 있다. 이는 다분히 의도적인 것으로 보인다. 그의 시에서 관념은 관념 자체가 아니라 의미를 직격(直擊)하는 '객관화된 관념' 또는 '물질화된 관념'으로 보아야 한다. 또한 그의 작품은 시적 형상화를 넉넉하게 감당할 풍부하고 섬세한 디테일(detail)을 확보하고 있다. 이 시의 1연에 제시되는 "사랑하는 사람"과 "애달픈 아이"의 묘사는 생생한 리얼리티(reality)의 실현을 보여주고 있다.

2연과 3연의 "길", "바람", "나무", "숲", "얼굴", "검은", "잎", "어둠" 등의 표현은 작고한 시인 기형도의 작품들을 연상하게 한다. 독자들은 시인이 조성하는 이 어둡고 음울하며 "쓸쓸한" 풍경 한가운데 덩그러니 놓이게 된다. 그리고 아마도 "차마 떨칠 수 없는 인연들"이라는 표현을 오래 들여다보게 된다. 관계, 내력, 원인, 이유 등의 의미를 포괄하는 '인연(因緣)'이라는 말의 의미와 경험을 곱씹고 또 곱씹게 된다.

박균수에 의하면 인간의 삶은 결국 "어두운 산책" 곧 "어둠 속을 걸었던/소멸의 산책"이다. 그 사실을 인정한다. 삶이 '소멸' 또는 죽음을 향한 걷기와 다르지 않다는 그의 진단은 다분히 페시미즘(pessimism)을 닮았다. 그런데도 우리는 이 시를 읽으며 조금도 생을 포기하고 싶어지지 않으며 작은 희망이라도 찾고, 이야기하고 싶어진다. 사람에게는 제 각각 '차마 떨칠 수 없는 인연들'이 있기 때문이다. 그런 까닭에 "깨알만 한 새끼들을 거느리고/하염없이 기다리는/거미"의 모습은 당신과 나의 감동적인 자화상이 된다.

거미는 자신이 낳은 실을 회수하지 못한다
사랑은 부활하지 않는다

보고 있느냐
형상 모르는 어둠에 갇혀
프레임 안을 끝없이 헤매는 우리를

(……)

우리의 멸망을
돌아오지 않을 이 메시지를
　　　　　　　　　—「결시(結詩)−보이지 않는 신에게」부분

　이번 시집과 시적 자아의 정신적 산책을 마무리하는 시이다. 시인은 "보이지 않는 신에게" 반복적으로 묻는다. "보고 있느냐~ 우리를"의 형태로 전개되는 2연~6연에는 "어둠", "공포", "비명", "약탈", '울음' 등으로 힘겨워하는 인간의 형상이 감각적으로 제시된다. 이 시는 장엄하고 경건한 스타일과 격정적이며 숨 가쁜 호흡으로 전개되며 산책의 여정을 장대하게 마무리한다. 이 시에서 인간에게 주어진 일회적인 삶과 일회적인 사랑이 고스란히 드러난다. "자신이 낳은 실을 회수하지 못"하는 "거미"의 운명은 독자들을 깊은 슬픔에 잠기게 할 수 있다. 그 실은 아마도 인연의 실일 것이기 때문이다. 또한 "부활하지 않는", "사랑" 앞에서 절망하는 독자도 있을 것이다. 그러나 이와 같은 '운명' 또는 '사랑'이 헛된 것만은 아니다. 거미는 실을 낳는 방식으로 사랑을 실천하였기 때문이다. 우리 앞에 놓인 삶이 "소멸의 산책"과 다르지 않다고 하더라도 "우리의 멸망"은, 또 "돌아오지 않을 이 메시지"는 그것 자체로서 충분히 의미가 있지 않을까?

끝으로 이번 시집에서 박균수의 열정이 가장 집약된 시일 수도 있는 「압둘카림 무스타파-전설적인 신의 전사 이야기」를 언급하지 않을 수 없다. 이 작품은 단순한 시가 아니다. 이 작품의 시적 화자는 헤겔이 말한 '세계정신'의 어떤 뒤틀린 현현(顯現)처럼 느껴진다. 시의 배경은 중동 어디쯤으로 보인다. 박균수는 문명의 발상지이자 끝이 보이지 않는 전쟁과 살육이 벌어지고 있는 땅을 배경으로 "이야기" 또는 내러티브(narrative)로서의 특성을 가진 새롭고 낯선 방식의 노래를 들려준다. 그 노래는 우리 별 지구에서의 생명과 인류의 역사, 인간의 비극적 본성과 신화적 원형, 환상적이고 비현실적인 전개와 묘한 유머들, 상징과 은유들로 가득하다. 암묵적 규칙과 금기와 경계를 심드렁하게 뛰어넘고 있으며 자유분방하고 활달한 에너지로 들끓는다. 독자들은 "하찬타 하찬타" 또는 "무어태 무어태"에서 시인의 남다른 리듬감과 만난다. 또한 "헛되이 죽을 운명" 또는 "어이없이 죽을 운명"에서 인간의 삶을, 불변의 궤적을 확인한다. 이 시의 진정한 가치는 충분한 시간을 가지고 정밀한 읽기와 연구를 통해 밝혀져야 할 것이다.

10편의 시를 중심으로 박균수의 제2시집을 살피었다. 서두에서 말한 바와 같이 이번 시집은 시인의 치밀한 기획력에 의해 전체 구조가 만들어졌고 폭발적인 활화산과 같은 내용을 담고 있다. 그가 여기에서 보여준 다채로운 시 세계를 관통하는 키워드 중에서도 "욕망", "고통", "사랑" 등은 각별하게 다가온다.

"욕망은 모든 성취의 출발점이다."라는 나폴레온 힐(Napoleon Hill)의 언급에 동의할 수 있다면 시인의 제2시집은 대단한 성취가 아닐 수 없다. 박균수는 욕망에 열정적으로 천착하였기 때문이다.

또한 이번 시집에는 "고통의 해결책은 고통 안에 있다."라는 루미(Rumi)의 진술을 떠올릴 수 있는 시편이 적지 않다. 시인에게는 고통을 고통 그 자체에서 해소할 수 있는 치열함과 역설적인 힘이 충만하기 때문이다.

소포클레스(Sophocles)는 "우리들 삶의 모든 무게와 고통을 없애는 하나의 단어는 사랑이다."라고 이야기했다. 주의

깊게 읽으며 깊이 생각하고 예민하게 느낄 수 있는 진지한 독자들에게 박균수의 이번 시집은 사랑으로, 사랑에 대한 갈망으로 다가올 것이다. 우리들의 삶에 내재하는 모든 무게와 고통을 포괄하고 껴안는 단 하나의 사랑이, 그 가능성과 갈망이 지금, 여기에서 반짝인다.